www.ingramcontent.com/pod-product-compliance
Lightning Source LLC
LaVergne TN
LVHW010421070526
838199LV00064B/5376
9789358721201

انوکھی کشتی
(بچوں کی کہانی)

مصنف:
شاہد علی خان

© Shahid Ali Khan

Anokhi Kashti *(Kids Story)*
by: Shahid Ali Khan
Edition: April '2024
Publisher :
Taemeer Publications LLC (Michigan, USA / Hyderabad, India)

ISBN 978-93-5872-120-1
9 789358 721201

مصنف یا ناشر کی پیشگی اجازت کے بغیر اس کتاب کا کوئی بھی حصہ کسی بھی شکل میں بشمول ویب سائٹ پر اَپ لوڈنگ کے لیے استعمال نہ کیا جائے۔ نیز اس کتاب پر کسی بھی قسم کے تنازع کو نمٹانے کا اختیار صرف حیدرآباد (تلنگانہ) کی عدلیہ کو ہوگا۔

© شاہد علی خان

کتاب	:	**انوکھی کشتی** (بچوں کی کہانی)
مصنف	:	**شاہد علی خان**
صنف	:	ادب اطفال
ناشر	:	تعمیر پبلی کیشنز (حیدرآباد، انڈیا)
سالِ اشاعت	:	۲۰۲۴ء
صفحات	:	۳۴
سرورق ڈیزائن	:	تعمیر ویب ڈیزائن

انوکھی کشتی

ایک دفعہ کا ذکر ہے کہ کسی جزیرے میں ایک خرگوش رہتا تھا۔ مدّت سے اس خرگوش کی تمنا تھی کہ سمندر پار کر کے صوبۂ اناآبہ پہنچے۔ اور وہاں کی سیر کرے۔ مگر کوئی تدبیر سمجھ میں نہ آتی تھی کیونکہ وہ تیرنا نہ جانتا تھا یہ خرگوش ہر روز سمندر کے کنارے

جاتا اور گھنٹوں وہاں بیٹھ کر سمندر پار کرنے کی تجویزیں سوچا کرتا۔

ایک دن اسی طرح سمندر کے کنارے ایک بڑے پتھر پر وہ بیٹھا سمندر کی موجیں گن رہا تھا، کہ اس کی نظر ایک بڑے گھڑیال (مگرمچھ) پر جا پڑی، جو سمندر کی موجوں پر تیر رہا تھا۔

خرگوش نے اپنے دل میں سوچا کہ اس گھڑیال سے دوستی گانٹھ کر اپنا کام نکالنا چاہیئے۔ لہٰذا اُس نے گھڑیال کو پکارا:۔

"میاں گھڑیال، میاں گھڑیال"

گھڑیال نے اپنا سر پانی سے باہر نکال کر دیکھا۔ "آہا آپ ہیں! کہیئے

میاں خرگوش اکیلے آپ کا جی نہیں گھبراتا۔"

خرگوش:۔" جبھی تو آپ کو پکارا ہے آئیے تھوڑی دیر باتیں کریں"

گھڑیال:۔ " ہاں، ہاں ضرور"

کچھ دیر دونوں میں ادھر ادھر کی باتیں ہوتی رہیں۔ آخر خرگوش نے کہا:۔

خرگوش:۔" میاں گھڑیال تمہارے دوست زیادہ ہیں یا میرے"

گھڑیال:۔" میرے دوست آپ سے زیادہ ہیں۔ کیونکہ آپ کے دوست تو اسی جزیرے میں ہوں گے اور میرے دوست سارے سمندر میں پھیلے ہوئے ہیں"

خرگوش:۔ " او ہو اتنے دوست ہیں
اگر برابر کھڑے ہوں تو صوبہ اناب
تک پہنچ سکتے ہیں ۔"
گھڑیال :۔ ہاں ہاں بڑی آسانی سے
اگر آپ کو یقین نہ ہو، تو
میں ابھی بلا کر کھڑا کر دوں ۔"
خرگوش:۔ " نہیں مجھے آپ کے کہنے
کا یقین تو ضرور ہے، لیکن اگر
آپ ان سب کو کھڑا کریں تو
میں ذرا ان کو گنوں گا۔ کہ
کتنے ہیں ۔"
گھڑیال :۔ " ذرا دیر ٹھہریئے۔ ابھی
بلاتا ہوں ۔"
گھڑیال نے جو کچھ کہا تھا کر دکھایا
تھوڑی ہی دیر گذری تھی کہ گھڑیالوں

کی ایک لمبی قطار اس جزیرے سے صوبۂ اناآبہ تک کھڑی تھی۔ اور اُن کی کمروں سے ایک پل بن گیا تھا۔ خرگوش نے کہا :۔

" لو اب میں گنتا ہوں، ذرا سی دیر یہ سب اپنی جگہ سے ہلیں نہیں" یہ کہہ کر خرگوش نے ان گھڑیالوں کی کمر پر سے کودنا شروع کیا یہاں تک کہ وہ صوبۂ اناآبہ پہنچ گیا، اور ساحل پر قدم رکھتے ہی چلّایا :۔

" گھڑیالو! تم بھی کیسے بےوقوف ہو، میں نے بھی تمہیں کیا چال دی ہے؛ اور تم سے کس طرح کام نکالا" یہ کہہ کر خرگوش نے ایک قہقہہ لگایا۔ جو گھڑیال قریب تھا اُس نے

یہ سنا تو وہ بے تاب ہوگیا، اور خرگوش کو پکڑ کر اس کے تمام بال نوچ ڈالے۔

خرگوش تکلیف کے مارے ریت پر تڑپنے اور چیخنے لگا۔

اتفاقاً اُدھر سے بہت سے دیوتا گذر رہے تھے۔ یہ سب بھائی بھائی تھے۔ اور شہزادی یکاتمی کے سویمبر میں شریک ہونے جا رہے تھے۔ انہوں نے خرگوش سے پوچھا:۔

" میاں خرگوش کیوں چلّا رہے ہو؟" خرگوش نے سارا حال سنایا، تو ان میں سے ایک نے کہا:۔

" میاں خرگوش ہم تمہیں ایک ترکیب بتائیں، اگر اس پر عمل کرو گے، تو

اچھے ہو جاؤ گے"
خرگوش نے بڑی عاجزی سے یہ ترکیب پوچھی ، تو وہ بولا :-
" جاؤ سمندر کے پانی میں نہا کر ہوا میں بیٹھ جاؤ"
یہ ترکیب بتا کر ہنستے ہوئے آگے چلے گئے ۔ اور بے وقوف خرگوش نے یہی کیا ۔ مگر جب پہلے زخموں میں نمکین پانی لگا ، پھر ٹھنڈی ٹھنڈی ہوا تو اور بھی حالت خراب ہو گئی اور وہ بری طرح چیخنے لگا ۔ تھوڑی دیر بعد ایک اور دیوتا اِدھر سے گذرا ۔ یہ بھی اِن دیوتاؤں کا جو پہلے سے گذرے تھے ، سب سے چھوٹا بھائی تھا ۔ اور اِس قدر

رحم دل تھا کہ سب بھائیوں کا اسباب اپنی کمر پر لادے ہوئے پیچھے پیچھے چلا آرہا تھا۔ اس نے خرگوش کو بُری طرح روتے ہوئے سنا تو اس کا حال پوچھا۔ خرگوش نے رو رو کر سارا واقعہ سنایا۔ تو دیوتا نے کہا :۔
"تم نے بُرا کیا کہ دھوکا دے کر کام نکالا اور پھر مذاق اُڑایا۔ میں خوش ہوں کہ تمہیں آئندہ کے لئے ایک سبق مل گیا ۔"
خرگوش :۔ "واقعی میں بہت شرمندہ ہوں ۔"
دیوتا :۔ "تم نے اپنا قصور مان لیا۔ اس لئے میں تمہیں اس

کا علاج بتا دوں گا۔ جاؤ اس تالاب میں نہاکر اپنے بدن سے سمندر کا کھار دور کرو اور پھر یہ گھاس جو تمہارے سامنے اُگ رہی ہے توڑ کر زمین پر پھیلا دو۔ اور اس میں خوب لوٹو۔ خرگوش نے ایسا ہی کیا، فوراً اس کے زخم اچھے ہوگئے، اور نئے بال جلد نکل آئے۔ خرگوش بہت خوش ہوا اور دیوتا کے قدموں میں گر گیا اور اس سے اس کا نام پوچھنے کی ہمت کی اور یہ بھی دریافت کیا کہ وہ کہاں جا رہا ہے۔
دیوتا نے بتایا کہ ہم سب بھائی مل کر شہزادی کے سوئمبر میں جارہے

ہیں۔ خرگوش نے کہا "جاؤ شہزادی تم سے ہی شادی کرے گی" دیوتا سلام کرکے رخصت ہوا اور سویمبر میں شامل ہونے کے لئے عین وقت پر پہنچا۔ شہزادی یکا می نے اس دیوتا کو پسند کیا۔ اور اسی سے شہزادی کی شادی ہوگئی۔

چراغ ماموں کی کہانی

بے چاری رضیہ اپنی ساس کے ظلم وستم سے تنگ آچکی تھی۔ مگر اس کا شوہر قاسم اُسے بے حد چاہتا تھا۔ یہی وجہ تھی کہ وہ غربت میں بھی ہنسی خوشی رہتی تھی۔ اور ساس کے طعنوں تشنوں کا بھی اس پر کوئی اثر نہ ہوتا تھا۔ طبیعت بہت نیک پائی تھی۔ اور دل و جان سے اپنے شوہر

کی خدمت اور خدا کی عبادت کیا کرتی تھی۔

اس کا روزانہ معمول تھا کہ جیسے ہی مغرب کا وقت ہوتا وہ چراغ جلاتی اور کہتی "چراغ ماموں سلام" اور جب صبح کی اذان ہوتی چراغ گل کرتی تو کہتی "چراغ ماموں تم کو سلام اور تمہاری ماں کو رومال، اب تم جاؤ" چراغ ماموں کا دل بہت خوش ہوتا اور وہ اپنی ماں چاندنی سے جاکر کہتے "دیکھئے اماں بے چاری کتنی نیک بخت ہے کہ مجھے دن نکلنے سے پہلے تمہارے پاس بھیج دیتی ہے۔ مگر اماں اس کی ساس بہت ظالم ہے روزانہ اُسے ڈانٹتی ڈپٹتی رہتی ہے

چراغ ماموں کی ماں یہ سُن کر بہت رنجیدہ ہوتی۔ ایک دن کہنے لگیں " بیٹیا تو بھی روزانہ اس کے تکیہ کے نیچے کبھی روپیہ، کبھی گنتی کبھی کوئی زیور یا کچھ پیسے ہی رکھ دیا کر تاکہ وہ بے چاری خوش ہوجایا کرے۔"

اب تو چراغ ماموں کا یہ معمول ہوگیا کہ روزانہ رضیہ کے تکیہ کے نیچے کچھ نہ کچھ رکھ دیا کرتے تھے۔ رضیہ جب بستر اُٹھاتی حیران رہ جاتی۔ دل میں کہتی کہ یا اللہ میرا شوہر تو اتنا غریب ہے۔ پھر ایسی چیزیں کہاں سے آتی ہیں۔ لیکن اُس نے کسی سے ذکر نہیں کیا۔ اور خاموشی

سے ساری چیزیں اُٹھا اُٹھا کر ایک صندوق میں رکھتی گئی۔

چند دن بعد خدا کا کرنا ایسا ہوا کہ قاسم کی ملازمت جاتی رہی اور جو کچھ اس کے پاس تھا وہ بھی خرچ ہوگیا۔ بہت فکر مند اور اوداس رہنے لگا۔ اپنی ماں کی طرح اب اُس نے بھی رضیہ کو بُرا بھلا کہنے لگا۔ پھر بھی بے چاری اُف نہ کرتی تھی۔ ہر حال میں خدا کا شکر بجا لاتی تھی۔ جب گھر میں پیسے کی بہت تنگی دیکھی تو اُس نے وہی صندوق قاسم کو دے کر کہا:-

"لیجئے یہ صندوق، اس میں بہت مال ہے۔ خرچ کیجئے۔"

ساس اور اس کے شوہر قاسم کو یہ دیکھ کر بڑی حیرت ہوئی اور کہنے لگے:۔

"بتا اتنا زیور اور پیسہ تو کہاں سے لائی"

رضیہ نے کہا "مجھے خود نہیں معلوم کہ یہ کس طرح آئے۔ غیب سے مجھے یہ چیزیں روزانہ بستر کے نیچے ملتی ہیں۔ مجھے بھی حیرت ہے، کہ کون رکھ جاتا ہے۔"

قاسم اور اُس کی ماں کو یقین ہی نہ آیا۔ اُنہوں نے خیال کیا "ضرور اس نے کہیں سے چرایا ہے، آخر اتنی دولت آپ ہی آپ کیسے آسکتی ہے۔ اُنہیں یہ بھی ڈر ہوا کہ چوری کا

کا مال ہوا تو ضرور ایک دن پکڑے جائیں گے، جیل جائیں گے۔ اور بدنامی الگ ہوگی۔ یہ سب سوچ کر اُنہیں بے حد غصہ آیا اور ماں بیٹے نے مل کر رضیہ کو خوب بُرا بھلا کہا اور مارا بھی ۔۔۔۔۔۔ پھر قاسم نے بے چاری کو لے جاکر دور ایک گھنے جنگل میں چھوڑ دیا۔

قسمت کی ماری رضیہ نے پھر بھی خدا کا شکر ادا کیا۔ اور روتی ہوئی سجدے میں سر رکھ کر خدا سے گڑگڑا کر دعا مانگنے لگی۔ کہ یا اللہ انصاف کر یہ کیا ماجرا ہے۔ جب دعا مانگ چکی تو بسم اللہ کہہ کر آگے بڑھنا شروع کیا۔ تھوڑی دُور چل کر اُسے

ایک درویش کی جھونپڑی نظر آئی۔ جس سے کچھ تسلی ہوئی، پاس جاکر کہا "بابا جان السلام علیکم!"

بوڑھا بہت خوش ہوا اور اُس نے جواب دیا " جیتی رہو بیٹی!!" پھر کہا "بیٹی تو کون ہے اور یہاں کیسے نکل آئی ہے" اُس نے کہا "بابا میں ایک مجبور اور بیکس عورت ہوں، میرا شوہر بھی ہے اور وہ مجھے حد درجہ چاہتا ہے، مگر میری ساس بہت ظالم ہے۔ ابھی چند روز ہوئے میرے شوہر کی ملازمت جاتی رہی اور اب وہ بہت پریشان ہے۔ ویسے میں غربت میں رہ کر زندگی گذار رہی تھی۔ لیکن تھوڑے دنوں سے نہ معلوم کیوں غیب سے میرے بستر

کے نیچے کوئی نہ کوئی قیمتی زیور یا روپیہ پیسہ آجاتا تھا۔ جب میں صبح بستر اٹھاتی تو روزانہ کوئی نہ کوئی چیز ضرور ملتی، میں سے آج تک کسی سے ذکر نہیں کیا۔ اور اُسے اُٹھاکر رکھتی گئی آج جب میں اپنے شوہر کو فکرمند اور اوداس دیکھا تو میں نے کہا" لیجئے اب اس مال کو خرچ کیجئے۔" اتنا مال و زر دیکھ کر وہ حیرت زدہ ہوگئے۔ اور مجھ سے پوچھنے لگے، کہ" کہاں سے لائی؟" میں نے سچائی کے ساتھ جس طرح یہ چیزیں ملیں بتا دی۔ بابا مجھے خود حیرت ہے کہ یہ کیا ماجرا ہے۔ اسی طرح میں نے کہہ دیا ان لوگوں کو یقین نہیں آیا، اور مجھے مار پیٹ کر جنگل میں چھوڑ گئے۔

اب میں خدا کے فضل سے آپ تک پہنچ گئی ہوں۔ آپ میرے حال پر رحم کیجئے۔ اور بتائیے کہ یہ ماجرا کیا ہے؟ بوڑھے نے ٹھنڈی سانس لیکر کہا بیٹی تو بڑی نیک ہے۔ کچھ فکر نہ کر، اور یہاں رہ، یہ تیرا گھر ہے۔ میں دیکھوں گا کہ تو ایسا کون سا نیک کام کرتی ہے، جس کا انعام خدا تجھے گھر بیٹھے پہنچا دیتا ہے۔

اب مغرب کا وقت ہو چلا تھا۔ بوڑھے درویش کی جھونپڑی میں رضیہ نے سب سے پہلے چراغ کی تلاش کی اور چراغ پاکر خوش ہوگئی۔ مغرب کا وقت ہوگیا، تو اس نے چراغ جلایا اور کہا "چراغ ماموں سلام!" بوڑھا درویش خاموشی

سے دیکھتا رہا۔ صبح کو بوڑھا درویش جب فجر کی نماز کے لئے اُٹھا، ابھی اندھیرا ہی تھا، مگر رضیہ اُٹھی اور فوراً اپنی عادت کے مطابق چراغ گل کیا اور پھر وہی کلمہ دہرایا "چراغ ماموں تم کو سلام اور تمہاری ماں کو رومال، اب تم جاؤ۔"

بوڑھا درویش یہ سُن کر حیرت سے اس کا مُنہ تکنے لگا۔ رضیہ نے کہا۔

"بابا جان کیا دیکھ رہے ہیں؟"

بوڑھے نے کہا "بیٹی تو سدا سُکھ سے رہے گی، یہی وہ نیک کام ہے، جس سے خدا خوش ہوکر تجھے کسی نہ کسی حیلے گھر بیٹھے روزی دیتا ہے۔ بیٹا دنیا میں چراغ کی عزت کرنے والے بہت کم

لوگ ہیں، تو چراغ کی عزت کرتی ہے اور یہ چراغ کی ہی بدولت تجھے کچھ نہ کچھ مل جاتا ہے۔

اب ادھر کا حال سُنو! رضیہ کو جنگل میں چھوڑ کر آنے کے بعد قاسم کو گھر پہنچنے تک شام ہوگئی۔ اس نے آتے ہی کہا:-

امّاں آپ نے چراغ نہیں جلایا؟"

ماں نے کہا" جلاتی ہوں بیٹا!"

پھر اُس نے چراغ ماموں کو ہاتھ میں لیا اور جلانے لگی۔ مگر اب چراغ ماموں کو غصّہ آگیا تھا، کسی طرح جلتے ہی نہ تھے۔ آخر بڑھیا نے تنگ آکر چراغ ماموں کو اُٹھاکر گلی میں پھینک دیا اور کہنے لگی:-

" نگوڑی رضیہ کو ہی اس کی عادت تھی۔ وہی جلاتی تھی اور وہی گل کرتی تھی۔ میری کرے جوتی، مجھ سے نہیں ہوتا۔ کل دوسرا نیا چراغ خرید لانا۔ یہ تو پُرانا بھی ہوگیا ہے۔ جلتا ہی نہیں کم بخت! غرضیکہ ہزاروں باتیں ہیں۔اب تو چراغ ماموں کو بے حد غصہ آیا اور اُنہوں نے اُٹھ کر گھر کی راہ لی۔ اور جاکر اپنی چاندنی ماں سے ساری داستان کہہ ڈالی۔ ماں نے کہا "بیٹا جا اُن کے گھر سے وہ سب سامان جو رضیہ کا ہے لے آ۔"

چراغ ماموں گئے اور فوراً سارا سامان جو رضیہ کا تھا چپکے سے اُٹھا لائے ــــــ

دوسرے دن جب قاسم کی ماں نے قاسم کا اترا ہوا چہرہ دیکھا تو کہنے لگی :-

" بیٹا نکالو اُس صندوق میں سے کچھ! اور کھانے پینے کی چیزیں لے آؤ۔ اب وہ مال کسی کا بھی ہو اپنا ہی ہے۔ اور ہم ہی اُسے خرچ کریں گے۔"

جب قاسم نے صندوق دیکھا، تو سارا سامان غائب تھا۔ اب تو ماں کی آنکھیں کھلی کی کھلی رہ گئیں۔ حیرت سے ایک دوسرے کو دیکھنے لگے۔ لیکن سمجھ میں کچھ نہ آیا۔

قاسم کو حد درجہ اس کا احساس ہوا۔ وہ دل میں سوچنے لگا "واقعی

میں نے بے چاری رضیہ پر ظلم کیا ہے ۔ اُسی کے دم سے اس گھر میں رونق تھی ۔ اور اللہ نے مال و زر دے رکھا تھا ۔ سچ تو یہ ہے کہ نیک رضیہ کے قدموں سے بڑی برکت تھی ۔ آج وہ نہیں ہے ، تو ساری دولت بھی اُڑ گئی ۔ اور پھر قاسم نے بہت کچھ سوچا مگر ماں سے کچھ نہیں کہا ۔ اسی کشمکش میں رات گذاری ۔ جیسے ہی سویرا ہوا اُس کا دل بے چین ہوگیا ۔ اور وہ اُسی جنگل میں رضیہ کی تلاش کے لئے روانہ ہوگیا ، جہاں اس نے رضیہ کو چھوڑا تھا ۔ وہاں دُور تک کہیں اُس کا پتہ نہ تھا ۔ اب تو قاسم نے حیران و پریشان ہوکر اور آگے بڑھنا

شروع کیا۔

کچھ فاصلہ طے کرنے کے بعد اُسے بوڑھے درویش کی جھونپڑی نظر آئی درویش جھونپڑی کے سامنے ہی بیٹھا تھا۔ اور رضیہ اندر کلام مجید کی تلاوت کر رہی تھی۔ شام ہونے والی تھی۔ قاسم نے بوڑھے فقیر کو سلام کیا اور کہا :-

"بابا مجھے اس جھونپڑی میں تھوڑی جگہ دے دیجئے، تاکہ رات گزار لوں میں بہت تھک گیا ہوں"

درویش نے کہا تم کون ہو؟ اور یہاں کس طرح نکل آئے۔"

قاسم نے اپنا کل حال کہہ سنایا۔ رضیہ پہلے ہی۔ اندر سے قاسم کو

دیکھ چکی تھی۔ درویش نے کہا "تم
نے سخت غلطی کی۔ تمہاری بیوی بہت
نیک اور بھولی لڑکی ہے۔ خدا اس
سے خوش ہے۔ آج رات تم یہاں
رہ کر دیکھو کہ کیا کرامات ہیں جس
کی بدولت تمہارے گھر میں دولت
کا ڈھیر لگ گیا تھا۔ قاسم ٹھہر گیا
اپنی بیوی رضیہ کو دیکھ کر بہت
شرمندہ ہوا۔ رضیہ نے روز کی طرح
چراغ روشن کیا اور سلام کیا۔
جیسے تیسے رات گذری اور صبح
کی اذان ہوئی رضیہ فوراً جاگ
اُٹھی اور چراغ ماموں کو گل کیا۔
درویش نے قاسم کو بھی جگا دیا
تھا۔ دونوں یہ دیکھ رہے تھے۔ اور

رضیہ نے پھر وہی کلمہ دہرایا۔

"چراغ ماموں کو سلام، تمہاری ماں کو رومال! اب تم جاؤ۔"

درویش نے قاسم سے کہا "دیکھا یہی وہ نیک کام ہے جس سے خدا خوش ہوکر تمہاری بیوی کو کچھ نہ کچھ تکیہ کے نیچے بھیج دیتا ہے۔

دوپہر کا کھانا قاسم نے درویش کے یہاں کھایا، اس نے رضیہ سے اپنی غلطی کی معافی بھی مانگی اور بوڑھے درویش کا بہت بہت شکریہ ادا کیا۔ جب سورج درختوں کی آڑ میں چھپ گیا، تو چراغ ماموں کے بڑے چندا ماموں نکل آئے اور زمین پر اُجلی اُجلی چاندنی

پھیل گئی۔ رضیہ کو چراغ ماموں کی طرح چاندنی سے بھی بہت محبت تھی۔

قاسم اور رضیہ دونوں اُجالی رات میں گھر کی طرف چل دیئے۔ راستہ میں انہیں چراغ ماموں رضیہ کا ساماں لئے ہوئے ملے۔ ان کی ماں چاندنی بھی ساتھ تھیں۔ چراغ ماموں نے جھلملاتے ہوئے کہا:۔

"دیکھو اماں! یہی وہ نیک بندی ہے جو مجھے بہت چاہتی ہے۔ مجھے روز سلام کرتی ہے اور وقت پہ جلاتی بجھاتی ہے۔ اور تمہیں رومال کا تحفہ بھیجتی ہے۔"

چاندنی اماں رضیہ سے بیحد خوش ہوئیں۔ اُنہوں نے بہت سا زیور اور سامان اس کو دیا۔ اور کہا :۔

"بیٹی ! تو میرے بیٹے کا اُسی طرح خیال رکھنا اور دن چڑھے تک کبھی چراغ بیٹے کو نہ جلنے دینا۔ ورنہ میرا کلیجہ جل جائے گا۔ اور میرے مُنہ سے بد دعا نکل جائے گی۔ تو جانتی ہے بیٹی ! میں چاندنی ہوں، میرے دو بیٹے ہیں چندا اور چراغ ــــــ جو ان سے محبت کرتا ہے میں اس کی تاریک زندگی میں اُجالا کرتی ہوں" ــــــ اچھا جا بیٹی ! دنیا میں تم دونوں خوشی اور اطمینان کی زندگی گذارو گے ۔ اور تمہاری

اولاد چندا اور چراغ کی طرح روشن اور خوبصورت ہوگی ــــ"
کچھ عرصہ بعد رضیہ کے یہاں چاند سا بیٹیا بھی پیدا ہوا اور پھر سب خوب مزے میں رہنے لگے ۔

ختم شد